Asher und Kian
Geheimmission Liebe
Alisa Kevano

© 2024
likeletters Verlag
Inh. Martina Meister
Legesweg 10
63762 Großostheim
www.likeletters.de
info@likeletters.de

Alle Rechte vorbehalten.

Autorin: Alisa Kevano
Bildquelle: Midjourney

ISBN: 9783689490164

Teilweise kam für dieses Buch künstliche Intelligenz zum Einsatz.

Dies ist eine frei erfundene Geschichte. Ähnlichkeiten mit real existierenden Personen sind zufällig und nicht beabsichtigt.

Inhaltsverzeichnis

Prolog	9
Kapitel 1: Der Auftrag	13
Kapitel 2: Erste Begegnung	25
Kapitel 3: Das Versteck	42
Kapitel 4: Das Safehouse	70
Kapitel 5: Der Aurora Tower	88
Epilog: Sechs Monate später	104

Prolog

Der Regen prasselte unablässig gegen die Fensterscheiben des Hochhauses, während Kian Aylwin die Zahlen auf seinem Bildschirm anstarrte. Es war bereits nach Mitternacht, und das Büro der First Metro Bank lag verlassen da. Nur das bläuliche Licht seines Monitors erhellte den Raum, warf gespenstische Schatten an die Wände.

Etwas stimmte nicht mit den Transaktionen. Kian rieb sich die müden Augen, aber die Muster blieben. Millionenbeträge, die durch ein Netzwerk von Offshore-Konten flossen, perfekt verschleiert für den flüchtigen Blick. Aber Kian hatte schon immer ein Auge für Muster gehabt. Als Kind hatte er Mathematik geliebt, die klare Logik der Zahlen, die Art, wie sie Geschichten erzählten, wenn man nur genau genug hinsah.

Diese Geschichte war dunkel.

Die Konten gehörten zu Dragan Vasil, einem der einflussreichsten Geschäftsmänner der Stadt. Auf den ersten Blick sahen die Transaktionen legal aus - Investitionen, Aktienkäufe, normale Geschäftstätigkeiten. Aber Kian hatte wochenlang die Daten analysiert, Verbindungen hergestellt, Muster erkannt. Was er fand, ließ sein Blut gefrieren.

Ein Geräusch ließ ihn zusammenzucken. Schritte im Flur? Um diese Zeit sollte niemand mehr hier sein. Kian speicherte hastig die Daten auf einen USB-Stick, löschte seine Spuren im System. Seine Hände zitterten leicht, als er den Stick in seine Tasche steckte.

Die Schritte kamen näher. Kian schaltete seinen Monitor aus und duckte sich hinter seinen Schreibtisch. Durch die Glaswand seines Büros sah er zwei Männer den Gang entlanggehen. Ihre dunklen Anzüge und die professionelle Art, wie sie sich bewegten, verrieten, dass sie keine gewöhnlichen Sicherheitsleute waren.

Sein Herz hämmerte in seiner Brust, während er wartete, bis die Männer vorbeigegangen waren. Was er entdeckt hatte, war größer als simple Geldwäsche. Es war ein ausgeklügeltes System von Finanztransaktionen, das nur einen Zweck haben konnte: die Vorbereitung einer globalen Marktmanipulation.

Kian wusste, dass er eine Entscheidung treffen musste. Er könnte schweigen, so tun, als hätte er nichts gesehen. Weiterleben wie bisher. Aber die Zahlen in seinem Kopf ließen ihm keine Ruhe. Das Ausmaß der Manipulation würde Millionen von Menschen betreffen, könnte ganze Volkswirtschaften destabilisieren.

Mit zitternden Fingern zog er sein Handy heraus. Die Nummer des FBI war schnell gefunden. Sein Finger schwebte über der Wähltaste.

Ein weiteres Geräusch - diesmal näher. Kian erstarrte. Im Glasreflex der gegenüberliegenden Wand sah er einen Schatten, der sich seiner Bürotür näherte.

Er traf seine Entscheidung.

Kapitel 1: Der Auftrag

Drei Wochen später...
Asher Floss erwachte wie jeden Morgen um 0600, noch bevor sein Wecker klingelte. Alte Gewohnheiten aus seiner Zeit bei den Special Forces starben nur schwer. Der Übergang vom Schlaf zur vollständigen Wachheit erfolgte augenblicklich - eine weitere militärische Prägung, die ihm schon mehrmals das Leben gerettet hatte.
Die kleine Wohnung im zwölften Stock war spartanisch eingerichtet, aber makellos ordentlich. Asher absolvierte seine Morgenroutine mit militärischer Präzision. Zwanzig Minuten für das Training - Liegestütze, Klimmzüge an der Stange im Türrahmen, Dehnübungen, die seine alte Schulterverletzung aus Kandahar berücksichtigten. Zehn Minuten für die Dusche, eiskalt wie immer. Fünf Minuten, um sich zu rasie-

ren und die ersten grauen Strähnen in seinem kurzen schwarzen Haar zu ignorieren.

Während der Kaffee durchlief, überprüfte er seine Ausrüstung. Die modifizierte Glock 19 war gereinigt und einsatzbereit, die Ersatzmagazine gefüllt. Das Kampfmesser mit der Keramikklinge - ein Geschenk seines alten Teamführers - war frisch geschärft. Die kugelsichere Weste unter seinem Schrank zeigte keine Beschädigungen.

Der Bildschirm seines Laptops zeigte eine neue verschlüsselte Nachricht von Protectorate Solutions. Asher nahm einen Schluck Kaffee, während er die Entschlüsselung startete. Die Sicherheitsfirma hatte ihm in den letzten Monaten regelmäßig Aufträge verschafft - meist Personenschutz für reiche Geschäftsleute oder diskrete Überwachungsarbeiten. Gut bezahlt, relativ risikoarm, aber oft langweilig.

Diese Nachricht war anders.

«DRINGEND: Briefing 0800, Hauptquartier. Höchste Sicherheitsstufe. Bring volle Ausrüstung.»

Asher runzelte die Stirn. Der letzte Auftrag dieser Priorität lag Monate zurück - die Evakuierung eines Whistleblowers aus einer amerikanischen Botschaft. Die Operation war erfolgreich gewesen, aber knapp. Zu knapp.

Er schaltete die Nachrichten ein, während er sich anzog. Die Börsenkurse zeigten seltsame Schwankungen, Experten sprachen von «ungewöhnlichen Marktbewegungen». Nichts Konkretes, aber genug, um sein Interesse zu wecken.

Das Telefon klingelte. Die Nummer war unterdrückt.

«Floss.»

«Asher.» Die Stimme war ihm vertraut - Captain Sarah Martinez, seine ehemalige Vorgesetzte bei den Special Forces. «Ich hab gehört, du arbeitest für Protectorate Solutions.»

«Sarah. Es ist lange her.» Drei Jahre, um genau zu sein. Seit der Mission in Kandahar, die alles verändert hatte. «Was verschafft mir die Ehre?»

«Hör zu, ich kann nicht lange reden. Aber wenn sie dir heute einen Auftrag geben - sei vorsichtig. Es geht um mehr, als sie dir sagen werden.»

«Was meinst du damit?»

«Ich kann nicht... Verdammt.» Ihre Stimme wurde leiser. «Pass auf dich auf, Ash. Und vertrau niemandem vollständig.»

Die Verbindung brach ab. Asher starrte einen Moment auf das Telefon. Sarah hatte ihm in Kandahar das Leben gerettet. Wenn sie warnte, hatte das einen Grund.

Er holte die alte Metallbox unter seinem Bett hervor. Darin lag seine Notfallausrüstung - Dinge, die er seit seiner Zeit beim Militär aufbewahrt hatte. Zusätzliche Verschlüsselungsgeräte. Ein internationales Satellitentelefon. Gefälschte

Pässe. Bargeld in verschiedenen Währungen.

Nach kurzem Zögern packte er alles in seine Einsatztasche. Sarahs Warnung hallte in seinen Ohren nach. «Vertrau niemandem vollständig.»

Der Verkehr war dicht, als er sich auf den Weg zum Hauptquartier von Protectorate Solutions machte. Asher nutzte die Zeit, um nachzudenken. Seine Jahre beim Militär hatten ihn gelehrt, auf sein Bauchgefühl zu hören. Und im Moment schrie alles in ihm, dass dieser Auftrag anders sein würde.

Das Hauptquartier war ein modernes Glasgebäude im Geschäftsviertel. Die Sicherheitsmaßnahmen waren beeindruckend - biometrische Scanner, bewaffnete Wachen, modernste Überwachungstechnik. Aber Asher wusste, dass die besten Sicherheitssysteme nutzlos waren, wenn der Feind von innen kam.

In der Lobby erwartete ihn Emily Barnes, die Operations-Direktorin. Ihre grauen Haare waren kurz geschnitten, ihre Haltung militärisch präzise. Etwas in ihren Augen erinnerte Asher an Sarah - der gleiche harte Blick von jemandem, der zu viel gesehen hatte.

«Mr. Floss. Folgen Sie mir bitte.»

Sie führte ihn nicht in den üblichen Konferenzraum, sondern in den gesicherten Bereich im Untergeschoss. Die Wände hier waren aus Beton statt Glas, die Türen schwer gepanzert.

«Was ich Ihnen jetzt zeige», sagte Emily, während sie eine weitere Sicherheitstür öffnete, «unterliegt höchster Geheimhaltung. Wenn Sie den Auftrag ablehnen, werden Sie ein Schweigeabkommen unterzeichnen müssen.»

Der Raum dahinter war klein und fensterlos. An der Wand lief ein Nachrichtenticker. Auf einem großen Bildschirm waren Finanzdaten zu sehen, Aktienkurse, Währungsschwankungen. Und in der Mitte des Raums - ein Foto.

Asher trat näher. Ein junger Mann, vielleicht Anfang dreißig. Blonde Haare, intelligente grüne Augen, die Haltung eines Menschen, der lieber mit Zahlen als mit Menschen arbeitet.

«Kian Aylwin», sagte Emily. «Bis vor drei Wochen leitender Analyst bei der First Metro Bank. Jetzt unser wichtigster Zeuge gegen eine der gefährlichsten kriminellen Organisationen der Welt.»

Emily legte eine dicke Akte auf den Tisch. «Was wissen Sie über das Schattenkonsortium?»

«Nicht viel mehr als Gerüchte», antwortete Asher vorsichtig. «Eine internationale Verbrecherorganisation, spezialisiert auf Finanzkriminalität. Aber die meisten halten sie für einen Mythos.»

«Kein Mythos.» Emily öffnete die Akte. Fotos von luxuriösen Villen, Privatjets,

Überwachungsaufnahmen von Treffen in exklusiven Restaurants. «Das Konsortium existiert seit Jahrzehnten. Sie operieren im Verborgenen, manipulieren Märkte, kaufen Politiker, destabilisieren ganze Länder für Profit.»

Sie zeigte auf ein Foto eines distinguiert aussehenden älteren Mannes. «Dragan Vasil. Der derzeitige Kopf des Konsortiums. Offiziell ein erfolgreicher Geschäftsmann und Philanthrop. Inoffiziell...»

Sie schob weitere Fotos über den Tisch. Leichen. Ausgebrannte Gebäude. Bankkonten mit astronomischen Summen.

«Vor drei Wochen entdeckte Kian Aylwin Unregelmäßigkeiten in Vasils Konten bei der First Metro Bank», fuhr Emily fort. «Statt wegzuschauen wie seine Kollegen, begann er nachzuforschen. Was er fand...» Sie holte tief Luft. «Das Konsortium plant etwas Großes. Eine koordinierte Attacke auf die globalen Finanzmärkte. Die Schwankungen, die wir jetzt sehen, sind nur der Anfang.»

Asher studierte die Unterlagen. Die Zahlen ergaben ein erschreckendes Bild.

«Wie hat Aylwin überlebt?»

«Knapp.» Emily schaltete einen weiteren Bildschirm ein. Überwachungsaufnahmen zeigten Kian, der nachts aus einem Bürogebäude flüchtete, verfolgt von zwei Männern in dunklen Anzügen. «Er hatte den Verstand, Kopien der Beweise an verschiedenen Orten zu verstecken. Das Konsortium kann ihn nicht einfach verschwinden lassen - sie müssen erst wissen, wo die Beweise sind.»

«Wo ist er jetzt?»

«In einem sicheren Haus am Stadtrand. Aber...» Emily zögerte. «Wir haben Grund zur Annahme, dass das Konsortium Verbindungen in unsere Organisation hat. Deswegen brauchen wir jemanden von außen. Jemanden mit Ihren Fähigkeiten.»

Sarahs Warnung echote in Ashers Kopf. ‚Vertrau niemandem vollständig.' Er sah sich die Fotos noch einmal an. Kian Aylwin sah nicht aus wie ein Held. Er sah aus wie ein Mann, der zufällig über etwas gestolpert war, das größer war als er - und trotzdem das Richtige getan hatte.

«Was genau ist meine Aufgabe?»

«Holen Sie ihn aus dem sicheren Haus. Bringen Sie ihn an einen Ort, den nur Sie kennen. Beschützen Sie ihn, bis er vor Gericht aussagen kann - in einer Woche.» Emilys Augen fixierten Asher. «Das Konsortium wird alles versuchen, ihn zum Schweigen zu bringen. Sie haben Killer angeheuert, Kopfgelder ausgesetzt. Einige der gefährlichsten Männer der Welt sind bereits in der Stadt.»

Asher dachte an seine eigene Militärzeit, an die Missionen, die schiefgegangen waren. An die Kameraden, die er verloren hatte. Vielleicht war das seine Chance, etwas von dem wiedergutzumachen.

«Eine Bedingung», sagte er. «Ich arbeite mit meinem eigenen Team.»

Emily hob eine Augenbraue.

«Sie arbeiten normalerweise allein.»

«Dieser Job ist zu groß für einen Mann. Ich kenne jemanden - ein ehemaliger Kommunikationsspezialist der Special Forces. Der Beste, den ich je gesehen habe.»

Emily nickte.

Auf dem Weg zu seinem Wagen rief Asher eine verschlüsselte Nummer an. Nach dem dritten Klingeln nahm jemand ab.

«Ich dachte, du wärst tot», sagte eine raue Stimme.

«Nicht ganz, Caleb. Ich brauche deine Hilfe.»

Eine Pause.

«Kandahar?»

«Kandahar.»

Ein leises Lachen.

«Verdammt, Ash. Du weißt, wie man einen Mann aus dem Ruhestand holt. Schick mir die Details.»

Kapitel 2: Erste Begegnung

Das sichere Haus lag in einem unauffälligen Vorort - ein zweistöckiges Gebäude mit verwitterter Fassade und überwuchertem Vorgärten. Asher parkte seinen Wagen drei Straßen entfernt und näherte sich zu Fuß, alle Sinne geschärft. Seine Jahre beim Militär hatten ihn gelehrt, dass «sichere» Häuser oft die gefährlichsten Orte waren.

Während er die Umgebung analysierte, dachte er an Kandahar zurück. An die Mission, die als einfache Aufklärung begann und in einer Katastrophe endete. Sarah hatte das Team geführt, Caleb war für die Kommunikation zuständig gewesen. Sie hatten nicht gewusst, dass der Feind ihre Frequenzen abhörte. Der Hinterhalt kam aus dem Nichts…

Asher schob die Erinnerungen beiseite. Jetzt war nicht der Moment für alte Geister.

«Ich habe Zugriff auf die Überwachungskameras der Umgebung», kam Calebs Stimme über den getarnten Ohrstöpsel. Der Kommunikationsspezialist hatte sich in einem Van zwei Kilometer entfernt eingerichtet. «Bisher keine verdächtigen Bewegungen. Aber etwas fühlt sich falsch an.»

«Inwiefern?»

«Die offiziellen Sicherheitsprotokolle sind zu offensichtlich. Als ob jemand wollte, dass sie gefunden werden.»

Asher blieb stehen.

«Eine Falle?»

«Möglich. Oder eine sehr clevere Täuschung.» Caleb tippte im Hintergrund. «Ich hacke mich gerade in die internen Systeme. Gib mir eine Minute.»

Asher nutzte die Zeit, um das Haus genauer zu studieren. Die Fenster waren mit kugelsicherem Glas verstärkt, die Türen mit biometrischen Schlössern gesichert. Standard-Protectorate-Protokolle. Aber Caleb hatte Recht - es war zu offensichtlich.

«Okay, ich bin drin», meldete Caleb. «Zwei Wachen im Erdgeschoss, eine im Obergeschoss. Aylwin ist im Arbeitszimmer - er analysiert seit Stunden Daten auf einem isolierten Laptop.»

«Legitimation der Wachen?»

«Das ist das Seltsame. Sie wurden erst vor zwei Tagen zugeteilt. Die ursprünglichen Wachen wurden ohne Erklärung versetzt.»

Asher spürte, wie sich die Haare in seinem Nacken aufstellten. Sein Instinkt schrie Gefahr.

«Überprüf die neuen Wachen», befahl er, während er sich dem Haus von der Rückseite näherte.

Einige Sekunden Stille, dann ein leises Fluchen von Caleb.

«Verdammt. Die Beglaubigungen sind gefälscht. Meisterhaft gefälscht, aber...

Diese Männer sind nicht von Protectorate.»

«Konsortium?»

«Wahrscheinlich. Sie müssen einen Insider bei Protectorate haben.»

Asher zog seine Waffe.

«Wie lange brauchen sie, um zu merken, dass wir ihre Systeme hacken?»

«Minuten, vielleicht Sekunden. Was ist der Plan?»

«Plan B.» Asher aktivierte das Störsignal an seinem Gürtel - ein Geschenk von Caleb, das lokale Kommunikationssysteme lahmlegen konnte. «Sei bereit für eine schnelle Extraktion.»

Er bewegte sich lautlos zur Hintertür. Seine Hand glitt in seine Tasche, holte einen kleinen elektronischen Decoder hervor - ein weiteres Überbleibsel aus seiner Militärzeit. Das Schloss knackte nach wenigen Sekunden.

Im Haus war es still. Zu still.

Asher bewegte sich wie ein Schatten durch die Küche, alle Sinne geschärft. Der erste «Wachmann» stand im Flur, seine Haltung verriet militärisches Training. Asher wartete auf den richtigen Moment, dann bewegte er sich.
Der Mann hatte keine Chance. Ein präziser Griff, ein Druck auf den Nervenpunkt am Hals - lautlos sank er zu Boden. Asher fesselte ihn schnell mit Kabelbindern.
«Einer erledigt», flüsterte er. «Wo sind die anderen?»
«Einer kommt die Treppe runter», meldete Caleb. «Der dritte ist bei Aylwin im Arbeitszimmer.»
Asher presste sich in den Schatten neben der Treppe. Der zweite Wachmann war ebenso professionell wie der erste, aber er rechnete nicht mit einem Angriff von hinten. Sekunden später lag auch er gefesselt am Boden.

Das Arbeitszimmer lag am Ende des Flurs. Die Tür war geschlossen, aber Asher konnte Stimmen hören.

«… keine andere Wahl, Mr. Aylwin», sagte eine Stimme mit leichtem osteuropäischen Akzent. «Sagen Sie uns, wo die anderen Beweise sind, und wir machen es schnell.»

«Ich…» Kians Stimme zitterte leicht, aber er klang gefasster, als Asher erwartet hatte. «Sie verstehen nicht. Es geht nicht nur um die Beweise. Was Vasil plant, wird Millionen Menschen ruinieren.»

«Das ist nicht Ihr Problem. Letzte Chance.»

Asher trat die Tür ein.

Die Zeit schien sich zu verlangsamen, als Asher den Raum stürmte. Der falsche Wachmann war gut - seine Hand bewegte sich bereits zu seiner Waffe, als die Tür aufsprang. Aber Asher war besser.

Zwei schnelle Schüsse aus der schallgedämpften Glock. Einer traf den Mann in die Schulter, der zweite in sein Knie. Er ging zu Boden, die Waffe rutschte über den Parkettboden.

Kian Aylwin saß am Schreibtisch, die Augen weit vor Überraschung. Er sah jünger aus als auf dem Foto, erschöpft von den Wochen auf der Flucht, aber in seinen grünen Augen lag eine bemerkenswerte Entschlossenheit.

«Asher Floss, Protectorate Solutions», sagte Asher knapp, während er den verletzten Mann fesselte. «Wir müssen hier raus. Sofort.»

«Warten Sie.» Kian griff nach seinem Laptop. «Die Daten…»

«Keine Zeit. Das Haus ist kompromittiert.» Asher überprüfte schnell den gefesselten Mann - keine Erkennungsmarken, aber die Tätowierung an seinem Handgelenk war interessant. «Spetsnaz», murmelte er. «Vasil holt die großen Geschütze raus.»

«Agent Floss...» Kian zögerte. «Woher weiß ich, dass ich Ihnen vertrauen kann?»

Eine berechtigte Frage. Asher hielt inne und sah Kian direkt an. «Sie wissen es nicht. Aber im Moment bin ich Ihre beste Chance zu überleben. Diese Männer», er deutete auf den Verletzten, «sind professionelle Killer. Es werden mehr kommen.»

Als hätte das Schicksal seine Worte bestätigen wollen, meldete sich Caleb über den Kommunikator.

«Bewegung am Haupttor. Drei SUVs, schwer bewaffnete Männer steigen aus. Ihr habt vielleicht zwei Minuten.»

Kian brauchte nur Sekunden, um zu entscheiden. Er nickte, packte seinen Laptop und einen kleinen Rucksack.

«Caleb», sagte Asher in den Kommunikator, «wir brauchen einen Ausweg.»

«Garage. Ich habe einen Wagen für euch vorbereitet. Aber ihr müsst schnell sein - sie umstellen das Haus.»

Sie bewegten sich zum Treppenhaus. Asher ging voran, seine Waffe bereit. Er spürte Kians Präsenz hinter sich - der Mann bewegte sich leiser als erwartet, folgte Ashers Anweisungen ohne Zögern.

In der Garage stand ein schwarzer SUV.

«Die Schlüssel sind unter der Sonnenblende», informierte Caleb. «Ich habe die Garage bereits gehackt. Auf mein Signal öffnet sich das Tor.»

Plötzlich hallten Schüsse durch das Haus.

«Sie sind drin!», rief Caleb. «Bewegung auf allen Etagen!»

«Einsteigen!», befahl Asher. Er schubste Kian auf den Beifahrersitz und sprang hinters Steuer. Der Motor heulte auf.

«Jetzt!», rief Caleb.

Das Garagentor öffnete sich ratternd. Gleichzeitig stürmten bewaffnete Männer in die Garage. Kugeln prasselten gegen die gepanzerte Karosserie.

Asher trat das Gaspedal durch. Der SUV schoss nach vorne, direkt auf die Angreifer zu. Die meisten sprangen zur Seite, aber einer war zu langsam - er wurde von der Stoßstange erfasst und zur Seite geschleudert.

Sie rasten die Auffahrt hinunter. Im Rückspiegel sah Asher, wie die anderen SUVs die Verfolgung aufnahmen.

«Drei Verfolger», meldete Caleb. «Schwer bewaffnet. Ich versuche, euch einen Weg durch den Verkehr zu bahnen.»

Kian klammerte sich am Armaturenbrett fest, als Asher den Wagen in eine scharfe Kurve zwang. «Sie haben das Haus die ganze Zeit überwacht, oder?», fragte er, erstaunlich ruhig angesichts der Situation.

«Ja. Die Wachen waren ausgetauscht. Protectorate hat ein Leck.»

Eine Salve aus automatischen Waffen zerschmetterte die Heckscheibe. Asher riss das Steuer herum, bog in eine enge Seitenstraße ein.

«Festhalten!», rief er und trat die Bremse. Der SUV schlitterte herum, jetzt die Verfolger direkt in der Schusslinie. Asher zog eine kompakte MP7 unter dem Sitz hervor. «Übernehmen Sie das Steuer!»

Sie tauschten die Plätze in einer fließenden Bewegung. Kian erwies sich als überraschend guter Fahrer, während Asher mehrere präzise Schüsse auf die Reifen der Verfolger abgab. Der erste SUV geriet ins Schleudern, krachte in eine Hauswand.

«Zwei übrig», meldete Caleb. «Aber ich orte weitere Fahrzeuge, die sich nähern. Sie haben die halbe Stadt mobilisiert!»

«Wir brauchen einen sicheren Ort», keuchte Kian, während er den Wagen durch den dichten Verkehr manövrierte.

«Ich kenne einen», sagte Asher. «Aber wir müssen erst diese Verfolger abschütteln.» Er sah Kian von der Seite an. Der Mann war blass, aber seine Hände waren ruhig am Steuer.

«Vertrauen Sie mir?»

Ihre Blicke trafen sich für einen Moment. Etwas blitzte in Kians Augen auf - Entschlossenheit, vielleicht auch etwas anderes.

«Nächste Kreuzung links», wies Asher an. «Dann sofort in die Tiefgarage des Einkaufszentrums.»

Kian nickte konzentriert und riss das Steuer herum. Die Reifen quietschten auf dem Asphalt. Die beiden verbliebenen Verfolger-SUVs waren ihnen dicht auf den Fersen.

«Sie haben vor, was ich denke?», fragte Kian, als er die Einfahrt zur Tiefgarage sah.

«Wenn Sie ‚ein Auto gegen zwei tauschen' denken, dann ja.» Asher lud seine MP7 nach. «Das Zentrum hat vier Ausgänge und sechs Parkebenen. Perfekt für eine Täuschung.»

«Caleb», sprach er in den Kommunikator, «wir brauchen eine Ablenkung. Und Zugriff auf die Garagensteuerung.»

«Schon dabei», kam die Antwort. «Ich habe zwei weitere Fahrzeuge aktiviert. Fernsteuerung über das Sicherheitssystem. Nicht elegant, aber effektiv.»

Sie rasten in die Tiefgarage, das Quietschen der Reifen hallte von den Betonwänden wider. Kian navigierte geschickt zwischen den parkenden Autos.

«Dort!», rief Asher und deutete auf einen silbernen Sedan. «Perfekt für einen unauffälligen Abgang.»

Kaum hatten sie den SUV verlassen, sprangen zwei andere Fahrzeuge in der Garage wie von Geisterhand gesteuert an. Sie rasten in verschiedene Richtungen davon, während Asher den Sedan kurzschloss.

«Beeindruckende Fahrkünste», bemerkte er, während Kian auf den Bei-

fahrersitz glitt. «Wo haben Sie das gelernt?»
«Zwei Jahre Fahrradkurier während des Studiums», antwortete Kian mit einem schwachen Lächeln. «Man lernt schnell, oder man überlebt nicht lange im Stadtverkehr.»
Die Verfolger-SUVs rasten an ihnen vorbei, jagten den ferngesteuerten Ködern hinterher. Asher wartete einen Moment, dann fuhr er langsam und unauffällig aus der Garage - durch einen anderen Ausgang.
«Die Ablenkung hat funktioniert», meldete Caleb. «Sie folgen den Ködern. Aber sie werden schnell merken, dass sie getäuscht wurden.»
«Dann sollten wir die Zeit nutzen.» Asher lenkte den Wagen durch ruhige Nebenstraßen. «Wie geht es Ihnen, Mr. Aylwin?»
Kian lehnte sich zurück, die Anspannung der letzten Stunden forderte ihren Tribut.

«Nennen Sie mich Kian. Und… ich weiß nicht. Alles fühlt sich unwirklich an.» Er rieb sich die Augen. «Vor einem Monat war ich noch ein normaler Bankangestellter. Jetzt bin ich in einer Verfolgungsjagd mit professionellen Killern.»
«Sie haben sich gut geschlagen», sagte Asher anerkennend. «Viele hätten in der Situation die Nerven verloren.»
«Vielleicht bin ich einfach zu erschöpft für Panik.» Kian sah aus dem Fenster. «Oder zu wütend. Was ich gefunden habe… es ist unglaublich. Vasil und das Konsortium, sie spielen mit dem Leben von Millionen Menschen, als wäre es ein Schachspiel.»
Asher warf ihm einen Seitenblick zu. In Kians Stimme lag eine Intensität, die ihn überraschte. Dies war kein verängstigter Whistleblower, der zufällig über etwas gestolpert war. Hier war jemand, der bewusst eine moralische Entscheidung getroffen hatte, trotz der Konsequenzen.

«Wir sind gleich da», sagte er. «Caleb hat ein sicheres Versteck vorbereitet. Dort können Sie mir alles erzählen.»
Sie bogen in eine unscheinbare Seitenstraße im Industriegebiet ein. Zwischen verfallenen Lagerhallen und stillgelegten Fabriken lag ein scheinbar verlassenes Gebäude.
«Nicht sehr einladend», kommentierte Kian.
«Das ist der Punkt.» Asher parkte den Wagen in einer versteckten Garage. «Die beste Tarnung ist, keine Aufmerksamkeit zu erregen.»
Die Tür öffnete sich, bevor sie ausgestiegen waren. Caleb stand im Eingang, sein linksseitig gelähmter Arm in einer speziellen Schlinge. Trotz seiner Behinderung strahlte er eine natürliche Autorität aus.
«Willkommen in meinem bescheidenen Reich», sagte er mit einem schiefen Lächeln. «Ich hoffe, Sie mögen Technik,

Mr. Aylwin. Wir haben hier einiges davon.»

Kapitel 3: Das Versteck

Das Innere des Gebäudes strafte sein heruntergekommenes Äußeres Lügen. Caleb hatte die alte Lagerhalle in ein hochmodernes Kommandozentrum verwandelt. Bildschirme bedeckten die Wände, zeigten Überwachungsfeeds, Nachrichtenkanäle und Datenströme. Hochleistungscomputer summten leise im Hintergrund.

«Beeindruckend», murmelte Kian, während sein Blick über die technische Ausrüstung glitt. Seine Augen leuchteten mit professionellem Interesse. «Ist das ein modifiziertes Quantum-Encryption-System?»

Caleb hob überrascht eine Augenbraue.

«Sie kennen sich mit Kryptographie aus?»

«Teil meiner Arbeit bei der Bank.» Kian trat näher an einen der Bildschirme. «Wir mussten ständig neue Sicherheitsprotokolle entwickeln. Das Konsortium… sie sind Meister darin, Systeme zu infiltrieren.»

«Deswegen sind wir hier offline», erklärte Caleb. «Keine externen Verbindungen außer über speziell gesicherte Kanäle. Selbst das Stromnetz ist unabhängig.» Er deutete auf eine Tür. «Hinten gibt es einen Wohnbereich. Küche, Betten, sogar eine Dusche. Nicht luxuriös, aber sicher.»

Asher, der bisher schweigend die Umgebung analysiert hatte, nickte anerkennend. «Du hast dich gut eingerichtet, Caleb.»

«Nach Kandahar…» Caleb zuckte mit seiner gesunden Schulter. «Ich brauchte einen Ort, von dem aus ich weiter kämpfen konnte. Nur eben anders als früher.»

Kian bemerkte den Schatten, der über Ashers Gesicht huschte.

«Was ist in Kandahar passiert?»

«Eine Geschichte für einen anderen Tag», sagte Asher knapp. «Jetzt müssen wir uns auf die Gegenwart konzentrieren. Das Konsortium wird nicht aufgeben.»

Sie versammelten sich um einen zentralen Arbeitstisch. Kian holte seinen Laptop hervor und begann, Daten auf die Hauptbildschirme zu übertragen.

«Das hier habe ich in der Bank gefunden», erklärte er. Komplexe Finanzdaten erschienen, Transaktionsmuster, Firmenverflechtungen. «Vasil hat ein Netzwerk aus Scheinfirmen aufgebaut. Aber das ist nur die Oberfläche. Die wirklich interessanten Daten…» Er tippte einige Befehle. «Sehen Sie hier.»

Die Bildschirme füllten sich mit neuen Diagrammen. Asher und Caleb beugten sich vor.

«Das sind Algorithmen», sagte Caleb langsam. «Hochkomplexe Trading-Algorithmen.»

«Genau.» Kians Stimme wurde intensiver. «Sie haben jahrelang Daten gesammelt, Handelsmuster studiert. Der Plan ist brillant in seiner Bösartigkeit. Sie werden nicht nur einzelne Märkte manipulieren - sie werden das gesamte globale Finanzsystem attackieren.»

«Wie?», fragte Asher.

«Stellen Sie sich eine Kettenreaktion vor. Es beginnt mit scheinbar zufälligen Marktschwankungen. Kleine Unregelmäßigkeiten, die Panik erzeugen. Die Algorithmen nutzen diese Panik, verstärken sie. Währungen brechen ein, Börsen crashen. Und in diesem Chaos…»

«…kauft das Konsortium alles auf», vollendete Caleb. «Für Centbeträge.»

«Die größte feindliche Übernahme der Geschichte», nickte Kian. «Nicht von einem Unternehmen, sondern der gesamten Weltwirtschaft.»

Asher studierte die Daten.

«Wann?»

«Bald. Die Vorbereitungen laufen bereits. Die Schwankungen, die wir jetzt sehen, sind Tests. Sie kalibrieren ihre Systeme.» Kian rieb sich müde die Augen. «In spätestens einer Woche wird es losgehen.»

«Die Verhandlung», murmelte Caleb. «Deswegen wollen sie Sie so dringend zum Schweigen bringen. Wenn Sie aussagen, bevor der Plan in Gang gesetzt wird... »

Ein Alarm unterbrach ihn. Einer der Bildschirme zeigte neue Aktivitäten.

«Verdammt», fluchte Caleb und hämmerte auf seine Tastatur. «Jemand durchsucht systematisch die Industriegebiete. Professionelle Suchtrupps, mindestens vier Teams.»

«Sie werden uns finden», sagte Kian leise. «Es ist nur eine Frage der Zeit.»

Asher trat zu ihm, legte eine Hand auf seine Schulter. Die Berührung war überraschend sanft.

«Nein. Sie haben es bis hierher geschafft. Wir beschützen Sie.»

Ihre Blicke trafen sich. In der angespannten Stille schien etwas zwischen ihnen zu knistern, eine unerwartete Verbindung.

Caleb räusperte sich diskret. «Wir sollten uns auf alle Eventualitäten vorbereiten. Ich habe weitere sichere Häuser, Fluchtwege, alternative Identitäten... »

«Warte», unterbrach Asher. «Ich muss noch jemanden kontaktieren.» Er zog sein Satellitentelefon hervor. «Sarah hat mich gewarnt. Vielleicht weiß sie mehr.»

Das Satellitentelefon klingelte dreimal, bevor Sarah sich meldete. Ihre Stimme klang angespannt.

«Verdammt, Ash. Ich hatte gehofft, du würdest den Auftrag ablehnen.»

«Zu spät.» Asher aktivierte den Lautsprecher, damit die anderen mithören konnten. «Was weißt du, Sarah?»

Ein kurzes Zögern. «Es ist größer als wir dachten. Kandahar... es war kein Zufall, dass die Mission schiefging. Das Konsortium hatte seine Finger im Spiel.»

Asher erstarrte. Neben ihm sah er, wie Caleb sich versteifte, seine gesunde Hand zur Faust geballt.

«Was meinst du damit?», fragte er, seine Stimme gefährlich ruhig.

«Die Waffenlieferungen, die wir verfolgt haben? Sie führten zu einer von Vasils Scheinfirmen. Wir waren zu nahe dran, etwas aufzudecken.» Sarahs Stimme wurde leiser. «Sie haben uns absichtlich in den Hinterhalt gelockt, Ash. Um uns zum Schweigen zu bringen.»

Die Wucht dieser Enthüllung traf den Raum wie eine physische Kraft. Kian sah, wie sich Ashers Gesichtszüge verhärteten, wie alte Narben plötzlich deutlicher hervortraten.

«Deswegen bist du zu Interpol gewechselt», sagte Caleb langsam. «Du hast weiter ermittelt.»

«Ja. Und jetzt, mit Mr. Aylwins Entdeckungen... alle Puzzleteile fügen sich zusammen.» Papierrascheln war zu hören. «Das Konsortium baut seit Jahren an diesem Plan. Die Waffengeschäfte, die Geldwäsche, die Marktmanipulationen - alles Teil eines größeren Bildes.»

«Wie viel Zeit haben wir?», fragte Asher.

«Nicht viel. Sie haben Killer aus aller Welt angeheuert. Die besten im Geschäft. Und...» Sie zögerte. «Es gibt noch etwas, Asher.» Sarahs Stimme klang angespannt. «Emily Barnes... ihre Identität ist gefälscht. Anna Petrov, unsere Kontaktperson aus Kandahar, hat sich bei mir gemeldet. Sie wurde monatelang gefangen gehalten, konnte erst kürzlich entkommen.»

«Was meinst du damit?»

«Jemand hat ihre Identität gestohlen - eine Konsortiums-Agentin. Sie gibt sich als Emily Barnes bei Protectorate Solutions aus, nutzt manchmal auch Annas Namen. Sie ist gefährlich, Ash. Sehr gefährlich.»

«Warum erzählst du mir das erst jetzt?»

«Weil die echte Anna sich wieder eingeschleust hat. Sie sammelt Beweise, arbeitet im Verborgenen. Sie wird sich melden, wenn der richtige Zeitpunkt kommt. Aber bis dahin - spiel mit. Tu so, als würdest du Barnes vertrauen. Lass sie glauben, sie hätte dich getäuscht. Ich muss aufhören. Passt auf euch auf. Und Ash... es tut mir leid wegen Kandahar. Ich hätte es früher erkennen müssen.»

Die Verbindung brach ab. Stille füllte den Raum.

Asher stand am Fenster, seine Körperhaltung angespannt wie eine Feder. Kian trat zu ihm, zögerte kurz, dann legte er eine Hand auf Ashers Arm.

«Was ist in Kandahar passiert?», fragte er sanft.

Asher drehte sich nicht um, aber seine Stimme war rau vor unterdrückter Emotion.

«Wir verloren drei gute Männer in diesem Hinterhalt. Caleb wurde schwer verwundet. Ich...» Er brach ab, seine Schultern verkrampften sich. «Ich hätte sie retten müssen.»

«Es war nicht deine Schuld», sagte Caleb von seinem Platz aus. «Wir wurden alle getäuscht.»

Kian spürte die Wärme von Ashers Körper unter seiner Hand, die kaum merkliche Art, wie er sich in die Berührung lehnte.

«Sie können es jetzt richtigstellen», sagte er leise. «Wir können es richtigstellen.»

Asher drehte sich zu ihm um. Ihre Gesichter waren sich plötzlich sehr nahe. In Ashers Augen sah Kian einen Sturm von Emotionen - Schmerz, Wut, aber auch etwas Wärmeres, etwas, das sein Herz schneller schlagen ließ.

Der Moment wurde von einem weiteren Alarm unterbrochen. Caleb fluchte.

«Sie kommen näher. Zwei Teams, weniger als einen Kilometer entfernt. Und…» Er tippte hektisch. «Sie haben eine Art Scanner dabei. Suchen nach elektronischen Signaturen.»

«Wie lange?», fragte Asher, sofort wieder der Profi.

«Zwanzig Minuten, maximal.»

«Dann packen wir. Nur das Nötigste.» Asher ging bereits zum Waffenschrank. «Caleb, aktivier das Notfallprotokoll. Kian…» Er hielt inne, ihre Blicke trafen sich. «Bleiben Sie in meiner Nähe.»

Die nächsten Minuten waren ein kontrolliertes Chaos aus Vorbereitungen. Während Caleb seine wichtigsten Systeme herunterfuhr und Daten löschte, half Asher Kian beim Packen.

«Hier», sagte er und reichte ihm eine leichte kugelsichere Weste. «Unter der Jacke. Und das...» Er zog eine kompakte Pistole hervor. «Wissen Sie, wie man damit umgeht?»

Kian nahm die Waffe zögernd.

«Theoretisch. Ich... hatte mal einen Kurs.»

«Gut. Nur für den absoluten Notfall.» Asher trat näher, half ihm beim Anlegen der Weste. Seine Hände waren effizient, aber sanft. «Ich werde nicht zulassen, dass Ihnen etwas passiert», sagte er leise, fast ein Flüstern.

«Zehn Minuten», warnte Caleb, während er letzte Befehle in sein System eingab. «Sie haben sich aufgeteilt. Systematische Suchmuster.»

Asher überprüfte ein letztes Mal ihre Ausrüstung. Zwei Taschen mit dem Nötigsten - Waffen, Munition, Erste-Hilfe-Ausrüstung, verschlüsselte Kommunikationsgeräte. Kians Laptop und die wichtigsten Daten waren sicher verstaut.

«Der Tunnel?», fragte er Caleb.

«Noch frei. Aber sie werden ihn bald finden.» Caleb aktivierte eine versteckte Wandtafel, die einen schmalen Gang enthüllte. «Ich habe den Van am anderen Ende positioniert. Zwei Kilometer durch die alten Wartungstunnel.»

Ein dumpfes Dröhnen ließ sie aufhorchen.

«Helikopter», murmelte Asher. «Sie setzen Wärmebildkameras ein.»

«Die Tunnel sind abgeschirmt», sagte Caleb. «Alte Bleiverkleidung aus dem Kalten Krieg. Perfekt für…» Er verstummte, als sein System einen neuen Alarm ausgab.

«Verdammt. Emily Barnes ist hier.»

Eine Explosion erschütterte das Gebäude. Staub rieselte von der Decke.

«Keine Zeit mehr für Diskussionen», entschied Asher. «Caleb, aktivier das Notfallprotokoll. Kian, mit mir. Jetzt!»

Sie hasteten in den Tunnel, während hinter ihnen Schüsse fielen. Caleb aktivierte die Schließmechanismen - schwere Stahltüren, die sich nacheinander schlossen.

Der Tunnel war eng und feucht. Ihre Schritte hallten von den alten Betonwänden wider, während sie sich vorwärts bewegten. Kian stolperte in der Dunkelheit, aber Ashers Hand fand sofort seinen Arm, stützte ihn.

«Vorsichtig», murmelte er. «Der Boden ist uneben.»

Über ihnen waren dumpfe Explosionen zu hören. Das Konsortium versuchte sich gewaltsam Zugang zu verschaffen.

«Sie haben den Tunneleingang gefunden», meldete Caleb über den Kommunikator. «Zwei Teams folgen uns. Emily… sie hält sie irgendwie auf.»

«Was bedeutet das?», keuchte Kian, während sie weiter rannten.

«Später», schnitt Asher ab. «Jetzt müssen wir...»

Ein ohrenbetäubender Knall unterbrach ihn. Die Tunnelwand neben ihnen explodierte. Durch die Staubwolke tauchten bewaffnete Gestalten auf.

Asher reagierte instinktiv. Er warf sich gegen Kian, riss ihn hinter einen Betonpfeiler. Seine MP7 bellte, die Schüsse hallten ohrenbetäubend durch den engen Tunnel.

«Zurück!», schrie er. «Caleb, wir brauchen einen anderen Weg!»

«Zwanzig Meter voraus», kam die angespannte Antwort. «Seitengang links. Ich sperre die Schotten dahinter.»

Sie rannten los, während hinter ihnen weitere Schüsse fielen. Kian spürte, wie eine Kugel an seinem Kopf vorbeizischte. Ohne nachzudenken, zog er seine eigene Waffe, feuerte blind in Richtung ihrer Verfolger.

Der Seitengang war noch enger als der Haupttunnel. Sie zwängten sich hindurch, während hinter ihnen schwere Stahlschotten zuschnappten.

«Das wird sie nicht lange aufhalten», keuchte Caleb. «Diese Jungs sind gut ausgerüstet.»

«Wie weit noch?», fragte Asher, während er Kian durch eine besonders enge Passage half.

«Hundert Meter bis zum Van. Aber...» Caleb verstummte plötzlich.

«Caleb?»

Statisches Rauschen in der Leitung, dann: «Bewegung vor uns. Mindestens vier Mann. Sie haben den Ausgang gefunden.»

Asher fluchte leise. Sie waren gefangen - Verfolger hinter ihnen, ein Empfangskomitee vor ihnen.

«Hier.» Er zog Kian in eine kleine Nische. Im schwachen Licht ihrer Taschenlampen waren ihre Gesichter nur Zentimeter voneinander entfernt. «Ich habe einen Plan, aber er wird Ihnen nicht gefallen.»

Kian spürte Ashers Atem an seiner Wange, warm und beruhigend trotz der Situation.

«Erzählen Sie.»

«Wir teilen uns auf.»

«Nein», protestierte Kian sofort. «Das ist zu gefährlich.»

«Hören Sie mir zu.» Ashers Hand fand Kians im Dunkeln, drückte sie fest. «Ich lenke sie ab, führe sie weg. Caleb bringt Sie zum Van und dann zu einem seiner anderen Verstecke.»

«Nein», wiederholte Kian mit überraschender Festigkeit. Seine Hand umklammerte Ashers. «Ich lasse Sie nicht allein da raus gehen.»

«Es ist die einzige… »

«Nein, ist es nicht.» Kians Augen glänzten im Dunkeln. «Wir haben es bis hierher zusammen geschafft. Wenn wir uns trennen, gewinnen sie.»

Eine weitere Explosion erschütterte den Tunnel. Staub rieselte auf sie herab.

«Er hat Recht», kam Calebs Stimme über den Kommunikator. «Ich habe eine andere Idee. Die alten Tunnel… sie führen zu einem Wartungsschacht der U-Bahn. Wenn wir die Verfolger in verschiedene Richtungen locken…»
Ein Schuss hallte durch den Gang, gefolgt von einem überraschten Schrei.
Dann Emilys Stimme: «Asher? Kian? Ich habe die vorderen Teams ausgeschaltet, aber es kommen mehr!»
Asher und Kian tauschten einen schnellen Blick.
«Können wir ihr trauen?», flüsterte Kian.
«Wir werden so tun», murmelte Asher. Lauter rief er: «Emily? Was machen Sie hier?»
«Kandahar», kam die sofortige Antwort. «Ich war dort, Asher. Nicht als Emily Barnes, sondern als Anna Petrov. Tiefe Verdeckung im russischen Geheimdienst. Ich habe versucht, das Konsortium zu infiltrieren, aber…» Sie

brach ab. Weitere Schüsse waren zu hören. «Keine Zeit für Erklärungen. Folgt mir!»

Sie traten aus ihrer Nische. Emily - oder Anna - stand am Ende des Ganges, zwei ausgeschaltete Gegner zu ihren Füßen. Ihre Kleidung war staubbedeckt, aber ihre Haltung war professionell wie immer.

«Der U-Bahn-Schacht», sagte sie. «Ich kenne einen Weg durch die alten Servicekanäle.»

Sie bewegten sich schnell durch die Tunnel, während hinter ihnen die Verfolger näher kamen. Emily führte sie sicher durch ein Labyrinth von Gängen.

«Ich versuche seit Monaten, Vasil zu stoppen», erklärte sie im Laufen. «Der Plan ist noch perfider als Sie denken. Die Finanzkrise ist nur der Anfang. Sie wollen das Chaos nutzen, um… »

‚Emily' führte sie durch die Tunnel, scheinbar helfend. Aber Asher bemerkte die kleinen Zeichen - wie sie

sie systematisch tiefer in das Labyrinth führte, weg von den Hauptausgängen.

«Hier entlang», sagte sie. «Ich kenne einen sicheren Weg.»

Asher tauschte einen Blick mit Kian.

Als sie die große Wartungshalle erreichten, schlug Emily zu. Ihre freundliche Maske fiel, als sie ihre Waffe auf sie richtete.

«Ihr wart gut», sagte sie kalt. «Aber das Konsortium ist besser. Vasil wird-»

Ein Schuss hallte durch die Halle. Emily taumelte, eine Kugel hatte ihre Schulter getroffen.

Die echte Anna trat aus den Schatten. Sie war älter als ihre Doppelgängerin, ihr Gesicht von Narben gezeichnet.

«Hallo, Asher. Tut mir leid, dass ich so lange gebraucht habe.»

«Die Kandahar-Codes?», fragte Asher, seine Waffe noch immer erhoben.

«Sierra-Echo-Victor-Echo-November», antwortete Anna ohne Zögern.

«Geht!», sagte sie nun. «Ich kümmere mich um sie. Sie wird die Verstärkung zu euch führen - ich halte sie auf.»

«Anna...», begann Asher.

«Sarah hat mir von Ihnen erzählt», sagte sie knapp. «Von Kandahar. Von dem, was Sie für das Team getan haben. Jetzt ist es an mir, etwas zurückzugeben.» Ein grimmiges Lächeln huschte über ihr vernarbtes Gesicht. «Diese Tunnel waren Teil meiner ursprünglichen Mission, bevor das Konsortium mich schnappte. Ich habe Sprengladungen an strategischen Punkten platziert. Sie wird nicht weit kommen.»

Als hätte das Schicksal ihre Worte bestätigen wollen, hallten gedämpfte Explosionen durch die Tunnel. Die falsche Anna hatte offensichtlich eine der Fallen ausgelöst.

«Los jetzt!», drängte die echte Anna. «Der Helikopter wartet. Ich treffe euch beim vereinbarten Punkt.»

Sie warf ihm ein verschlüsseltes Satellitentelefon zu.

«Sarah hat alles vorbereitet.» Ihr Blick wanderte zu Kian, wurde für einen Moment weicher. «Passen Sie auf sich auf. Beide.»

Sie erreichten einen größeren Tunnel - einen alten U-Bahn-Wartungsgang. Ihre Schritte hallten von den gekachelten Wänden.

«Dort vorne ist eine Service-Plattform», meldete Caleb über den Kommunikator. «Ich habe den Van umpositioniert. Noch dreihundert Meter.»

Kian keuchte vor Erschöpfung, aber er hielt durch. Asher lief dicht hinter ihm, eine beschützende Präsenz.

Plötzlich flammten Lichter vor ihnen auf. Ein Team in Schwarz trat aus den Schatten, Waffen erhoben.

«Das endet hier», sagte eine Stimme mit schwerem russischen Akzent.

Die Zeit schien stillzustehen. Asher analysierte blitzschnell die Situation -

vier Männer, professionelle Haltung, schwere Bewaffnung. Der Tunnel bot kaum Deckung.

«Waffen runter», befahl der Russe. «Langsam.»

Asher spürte Kian neben sich erstarren. Dann, fast unmerklich, eine Bewegung seiner Hand - er aktivierte etwas an seinem Laptop in der Tasche.

Plötzlich erloschen alle Lichter im Tunnel. Absolute Dunkelheit.

«Nachtsichtgeräte!», bellte der Russe.

Aber Kian war noch nicht fertig. Ein hochfrequenter Ton durchschnitt die Luft - das Geräusch von Feedback in den elektronischen Systemen der Angreifer. Die Nachtsichtgeräte wurden zu nutzlosen, blendenden Displays.

«Runter!», schrie Asher und zog Kian mit sich zu Boden.

Im selben Moment krachte es von hinten. Emily - Anna - war durch einen Nebentunnel gekommen. Ihre Schüsse waren präzise, zwei der Männer gingen sofort zu Boden.

Asher rollte zur Seite, feuerte aus der Bewegung. Ein dritter Mann fiel. Der Russe, offensichtlich der Anführer, hechtete in Deckung.

«Beeindruckender kleiner Trick», keuchte Kian neben Asher.

«Elektromagnetischer Impuls», erklärte er atemlos. «Eingebaut in den Laptop. Für Notfälle.»

«Sie sind voller Überraschungen, Mr. Aylwin», kam Annas Stimme aus der Dunkelheit.

Ihr Gegner nutzte den Moment, um eine Salve blindlings in ihre Richtung zu feuern. Die Kugeln prallten von den Tunnelwänden ab.

«Gebt auf!», rief er. «Ihr könnt nicht entkommen. Das Konsortium ist überall!»

«Nicht mehr lange», murmelte Kian. Dann, lauter: «Sie verlieren, verstehen Sie das nicht? Ich habe Beweise für alles. Vasils Algorithmen, die Geldwäsche, die geplante Marktmanipulation…»

Ein humorloses Lachen hallte durch den Tunnel. «Sie verstehen gar nichts. Der Finanzcrash ist nur der Anfang. Wenn die Märkte fallen, wenn die Panik einsetzt…» Er lachte wieder. «Die Menschen werden nach Ordnung schreien. Nach Kontrolle. Und das Konsortium wird sie ihnen geben.»

«Ein Staatsstreich», keuchte Anna. «Durch die Hintertür der Wirtschaft.»

«Die alte Ordnung ist korrupt», spie der Russe. «Vasil wird eine neue schaffen. Eine bessere.»

«Nein», sagte Kian fest. «Er wird scheitern. Weil es immer Menschen geben wird, die aufstehen und nein sagen.»

Der Russe antwortete mit einer weiteren Salve aus seiner Waffe. Aber in der Dunkelheit verriet das Mündungsfeuer seine Position.

Drei Schüsse hallten gleichzeitig durch den Tunnel - von Asher, Anna und Kian. Der Russe taumelte, fiel.

Stille senkte sich über den Tunnel.

«Caleb?», fragte Asher in den Kommunikator.

«Zwei Minuten bis zum Ausgang», kam die Antwort. «Aber beeilt euch. Ich orte weitere Teams, die sich nähern.»

Sie bewegten sich schnell durch die Dunkelheit, Asher führte Kian sicher um Hindernisse herum. Anna bildete die Nachhut.

«Das erklärt einiges», sagte sie leise. «Warum Vasil so viele Politiker und Beamte gekauft hat. Warum er Geheimdienstler rekrutiert. Er bereitet das schon lange vor.»

«Wie sind Sie da hineingeraten?», fragte Kian.

«Ich sollte ihn ursprünglich für den FSB ausspionieren. Aber je tiefer ich grub...» Sie verstummte kurz. «Sagen wir, ich erkannte, dass einige meiner

Vorgesetzten auch auf seiner Gehaltsliste standen. Also ging ich zu Interpol.»
Sie erreichten eine schwere Stahltür. Dahinter wartete der Van, Motor bereits laufend.
«Kommen Sie mit?», fragte Asher.
Anna schüttelte den Kopf. «Ich habe noch einen Job zu erledigen. Kontakte zu aktivieren, Beweise zu sichern.» Sie sah zwischen Asher und Kian hin und her, ein kleines Lächeln auf ihren Lippen. «Passt aufeinander auf.»
Bevor sie antworten konnten, war sie in einem Seitentunnel verschwunden.
Im Van wartete Caleb.
«Nettes Chaos da unten», kommentierte er trocken. «Wohin jetzt?»
Asher und Kian tauschten einen Blick. In der Enge des Tunnels, in der Hitze des Gefechts, hatte sich etwas zwischen ihnen verändert. Eine Verbindung, die über professionelle Pflicht hinausging.

«Ich kenne einen Ort», sagte Asher schließlich. «Ein altes Safehouse aus meiner Militärzeit. Abgelegen, gut gesichert.»

«Und dann?», fragte Kian leise.

«Dann», sagte Asher und nahm seine Hand, «bereiten wir uns auf den wirklichen Kampf vor.»

Kapitel 4: Das Safehouse

Die Fahrt durch die Nacht dauerte zwei Stunden. Caleb navigierte den Van über verlassene Landstraßen, während Asher und Kian im hinteren Teil die Ausrüstung überprüften und ihre Verletzungen versorgten.

«Hier», murmelte Asher und reichte Kian ein Erste-Hilfe-Kit. «Die Schnittwunde an Ihrem Arm sollte desinfiziert werden.»

Kian zuckte zusammen, als das Antiseptikum die Wunde berührte. Er hatte nicht einmal bemerkt, dass er verletzt worden war - zu viel Adrenalin. Ashers Hände waren überraschend sanft, während er die Wunde versorgte.

«Sie hätten Arzt werden können», scherzte Kian schwach.

Ein kleines Lächeln huschte über Ashers Gesicht. «Feldmedizin. Grundausbildung bei den Special Forces.»

Seine Finger verweilten einen Moment länger als nötig auf Kians Arm. «Wie fühlen Sie sich?»
«Erschöpft. Verängstigt.» Kian hielt inne. «Aber seltsam lebendig.»
Ihre Blicke trafen sich im dämmrigen Licht des Vans. Die Spannung zwischen ihnen war fast greifbar.
«Tut mir leid, dass ich das romantische Intermezzo unterbreche», rief Caleb von vorne, «aber wir haben Gesellschaft. Schwarzer SUV, drei Kilometer hinter uns.»
Asher war sofort alamiert. «Konsortium?»
«Schwer zu sagen. Sie halten Abstand, aber sie folgen definitiv.»
«Dort vorne», sagte Asher und deutete durch die Windschutzscheibe. «Der alte Forstweg. Den kennen nur wenige.»
Caleb bog scharf ab. Der Van holperte über den unebenen Waldweg, während der Verfolger näher kam.

«Sie geben sich nicht mal mehr Mühe, es zu verbergen», murmelte Caleb.

«Weil sie denken, sie haben uns in der Falle», sagte Asher grimmig. Er griff nach seiner Waffe. «Kian, bleiben Sie unten. Caleb, bei meinem Signal…»

Ein ohrenbetäubendes Krachen unterbrach ihn. Der Van wurde von der Seite getroffen, schleuderte auf dem schmalen Weg.

«Zweiter Wagen!», schrie Caleb. «Sie haben uns eingekeilt!»

Kian wurde gegen die Wandung geschleudert. Asher fing ihn auf, zog ihn schützend an sich.

«Festhalten!», rief Caleb und riss das Steuer herum.

Der Van durchbrach das Unterholz, raste einen steilen Hang hinunter. Äste peitschten gegen die Scheiben. Die Verfolger waren direkt hinter ihnen.

«Da vorne!», rief Asher. «Die alte Brücke!»

«Bist du wahnsinnig?», keuchte Caleb.
«Die ist seit Jahren gesperrt!»
«Genau.»
Kian verstand plötzlich den Plan. «Die Brücke wird unser Gewicht nicht halten.»
«Nein», bestätigte Asher und zog etwas aus seiner Tasche. «Aber sie wird lange genug halten.»
Die Holzbrücke tauchte vor ihnen auf - alt, verwittert, ein Relikt aus vergangenen Zeiten. Darunter gähnte eine tiefe Schlucht.
«Bereit?», fragte Asher und umklammerte Kian fester.
Der Van erreichte die Brücke. Die Holzplanken ächzten unter dem Gewicht. Die Verfolger waren dicht auf.
«Jetzt!», schrie Asher.
Caleb trat aufs Gas. Der Van schoss über die ächzende Brücke. Im selben Moment warf Asher etwas aus dem Fenster - eine kleine, zylindrische Vor-

richtung, die auf den morschen Holzplanken landete.

Die Verfolger rasten hinter ihnen her, genau wie Asher es vorausgesehen hatte. Als ihr erster Wagen die Mitte der Brücke erreichte, drückte er den Auslöser.

Die Explosion war präzise kalkuliert - stark genug, um die bereits geschwächte Struktur zu zerstören, aber nicht so stark, dass sie ihren eigenen Van gefährdete. Die Brücke brach mit einem ohrenbetäubenden Krachen auseinander.

Im Rückspiegel sahen sie, wie die Verfolgerfahrzeuge in die Schlucht stürzten.

«Verdammt», keuchte Caleb. «Das war...»

«Präzisionssprengstoff», erklärte Asher ruhig. «Aus meiner Zeit bei den Special Forces. Für Notfälle aufgehoben.»

Kian, der noch immer in Ashers Armen lag, spürte das Adrenalin durch seinen

Körper pumpen. «Sie sind voller Überraschungen, Mr. Floss.»

Ashers Lippen verzogen sich zu einem kleinen Lächeln.

«Asher», korrigierte er sanft. «Ich denke, nach allem sind wir über Förmlichkeiten hinaus.»

Ihre Blicke trafen sich.

Die Anspannung der letzten Stunden, die geteilte Gefahr, die körperliche Nähe - alles schien sich in diesem Moment zu verdichten. Kian wurde sich Ashers Wärme überdeutlich bewusst, der starken Arme, die ihn noch immer hielten.

«Wenn ihr zwei fertig seid mit dem Flirten», unterbrach Caleb trocken, «wir nähern uns dem Safehouse.»

Das Safehouse entpuppte sich als eine gut getarnte Hütte, tief im Wald versteckt. Von außen wirkte sie verfallen, aber Kian bemerkte schnell die versteckten Sicherheitssysteme - Bewegungsmelder, getarnte Kameras, verstärkte Türen.

«Willkommen in der ‚Wildnis-Lodge'», sagte Asher, während er die komplexen Schlösser öffnete. «Offiziell ein verlassenes Jagdhaus. Inoffiziell einer der sichersten Orte, die ich kenne.»

Das Innere war überraschend komfortabel. Ein großer Wohnraum mit Kamin, eine voll ausgestattete Küche, mehrere Schlafzimmer. Und, wie Kian schnell feststellte, ein hochmoderner Kommunikationsraum im Keller.

«Beeindruckend», murmelte er, während er die Systeme begutachtete. «Militärstandard?»

«Besser», sagte Caleb, der bereits begann, seine Ausrüstung aufzubauen. «Das hier ist meine persönliche Modifikation. Absolut abhörsicher.»

Die nächsten Stunden verbrachten sie damit, sich einzurichten. Caleb richtete seine Überwachungssysteme ein, während Asher das Haus und das Gelände sicherte. Kian nutzte die Zeit, um die gesammelten Daten zu analysieren.

Es war bereits nach Mitternacht, als Asher ihn in der Küche fand, umgeben von Datentabellen und Analysen.

«Sie... du solltest dich ausruhen», sagte er sanft.

Kian rieb sich die müden Augen.

«Zu viel zu tun. Diese Muster hier...» Er deutete auf den Bildschirm. «Vasils Plan ist noch komplexer als wir dachten. Die Finanzkrise ist nur der Auslöser. Wenn die Märkte crashen, wenn die sozialen Systeme zusammenbrechen...» Er schluckte schwer. «Sie haben strategische Positionen in Regierungen, Militär, Medien. Alles vorbereitet für den ‚Tag X'.»

Asher trat näher, eine Hand landete auf Kians Schulter. Die Berührung war warm, beruhigend. «Wir werden sie aufhalten.»

Kian drehte sich zu ihm um. In der schwach beleuchteten Küche waren

Ashers Züge weicher, die übliche professionelle Maske etwas gelockert.
«Wie kannst du so sicher sein?»
«Weil du die Beweise hast. Weil wir ein gutes Team sind.»
Asher zögerte kurz, dann hob er eine Hand, strich sanft über Kians Wange.
«Und weil ich nicht zulasse, dass dir etwas passiert.»
Die Spannung zwischen ihnen wurde fast greifbar. Kian lehnte sich unbewusst in die Berührung, sein Herz hämmerte in seiner Brust.
«Asher», flüsterte er.
Der Moment wurde von einem lauten Piepen aus dem Überwachungsraum unterbrochen.
«Kommt her!», rief Caleb aus dem Überwachungsraum. «Ihr müsst das sehen!»
Der Moment zwischen ihnen zerbrach. Ashers Hand glitt von Kians Wange, aber seine Augen versprachen ein ‚später'.

Sie eilten in den Keller.

Caleb hatte mehrere Nachrichtenfeeds auf den Bildschirmen. Die Schlagzeilen ließen sie erstarren:

«GLOBALE BÖRSENPANIK - Märkte brechen weltweit ein»

«BANKEN SCHLIESSEN FILIALEN - Elektronische Systeme ausgefallen»

«REGIERUNGEN RUFEN ZU RUHE AUF - Notfallsitzungen einberufen»

«Es hat begonnen», flüsterte Kian. Seine Finger flogen über die Tastatur, riefen Finanzdaten auf. «Die Algorithmen... sie sind aktiv. Perfekt getimed, während die asiatischen Märkte öffnen.»

«Wie lange?», fragte Asher.

«Bis der Schaden irreparabel ist? Vielleicht 24 Stunden.» Kian analysierte die Daten. «Sie nutzen eine Kaskade von automatisierten Trades. Jeder Crash triggert den nächsten. Ein sich selbst verstärkender Kreislauf.»

Eine neue Nachricht erschien - von Anna: «V plant Treffen. Aurora Tower.

Morgen Nacht. Alle Führungskräfte anwesend. Letzte Phase wird initiiert.»

«Der Aurora Tower?» Caleb pfiff leise. «Das bestgesicherte Gebäude der Stadt. Vasils persönliche Festung.»

«Auch eine Festung hat Schwachstellen», sagte Asher. Er beugte sich über Calebs Schulter, studierte die Baupläne des Towers. «Wenn wir reinkommen, während sie alle dort sind...»

«Wäre Selbstmord», unterbrach Caleb. «Das Gebäude ist voller Söldner. Modernste Sicherheitssysteme. Biometrische Scanner, Bewegungsmelder, bewaffnete Drohnen.»

«Aber es ist unsere Chance», sagte Kian leise. Alle sahen ihn an. «Denkt darüber nach. Die komplette Führung des Konsortiums an einem Ort. Die Beweise direkt vor uns. Wenn wir Vasils Hauptserver erreichen könnten...»

«...könntest du die Algorithmen stoppen», vollendete Asher.

Ihre Blicke trafen sich.

In Kians Augen lag die gleiche Entschlossenheit, die Asher schon im Tunnel gesehen hatte.

«Es wäre ein Himmelfahrtskommando», warnte Caleb.

«Dann brauchen wir einen verdammt guten Plan», sagte Asher. Er trat näher an Kian heran, ihre Schultern berührten sich. «Bist du dabei?»

Statt einer Antwort drehte Kian sich zu ihm um, griff nach seinem Kragen und zog ihn in einen Kuss.

Es war kein sanfter Kuss. Er war voller Dringlichkeit, Angst und unterdrückter Leidenschaft. Ashers Arme schlossen sich um Kians Taille, zogen ihn näher. Für einen Moment vergaßen sie alles - die Gefahr, die Mission, die Welt, die am Abgrund stand.

Caleb räusperte sich übertrieben laut.

«Wenn ihr zwei fertig seid… wir haben einen Tower zu infiltrieren.»

Sie lösten sich voneinander, beide leicht außer Atem. Aber etwas hatte sich verändert. Die unausgesprochene Spannung zwischen ihnen war einer tiefen Gewissheit gewichen.

«Okay», sagte Kian, seine Stimme rau. «Was ist der Plan?»

Die nächsten Stunden verbrachten sie mit intensiver Vorbereitung. Caleb hackte sich in die Systeme des Towers, studierte Sicherheitsprotokolle und Schichtwechsel. Asher plante die taktischen Details, während Kian die Finanzalgorithmen analysierte.

«Der Hauptserver ist im 60. Stock», erklärte Caleb. «Vasils Penthouse. Höchste Sicherheitsstufe.»

«Was ist mit dem Wartungsschacht?», fragte Asher.

«Zu offensichtlich. Sie werden ihn bewachen.» Caleb projizierte einen neuen Plan an die Wand. «Aber hier… der alte Energietunnel. Er wurde beim Umbau des Towers übersehen.»

«Der Energietunnel wurde bei der letzten Renovierung versiegelt», erklärte

Caleb, während er durch die Baupläne scrollte. «Aber er führt direkt unter den Serverraum. Wenn wir uns durch die alten Wartungszugänge bewegen...»
«Werden sie uns dort erwarten», unterbrach Asher. «Vasil ist zu clever, um eine solche Schwachstelle zu übersehen.»
«Genau darauf setze ich.» Caleb grinste. «Sie werden ihre Aufmerksamkeit auf den Tunnel konzentrieren. Während wir...» Er zeigte auf eine andere Stelle des Plans. «Die echte Infiltration erfolgt über das Dach des Nachbargebäudes.»
Kian studierte die Pläne.
«Der Abstand zwischen den Gebäuden beträgt mindestens dreißig Meter.»
«Fünfunddreißig», korrigierte Asher. Seine Hand fand unwillkürlich Kians Rücken, eine nun vertraute Geste. «Nichts, was ein taktischer Gleiter nicht schaffen könnte.»
«Ein was?»

«Experimentelle Militärtechnologie», erklärte Caleb. «Carbonfolie mit integrierten Steuerelementen. Praktisch lautlos.»

«Moment.» Kian drehte sich zu Asher. «Du willst vom Nachbargebäude zum Tower gleiten? In sechzig Stockwerken Höhe?»

«Wir», korrigierte Asher sanft. «Du kommst mit mir.»

Ihre Blicke trafen sich. Die Sorge in Kians Augen war deutlich, aber auch absolutes Vertrauen.

«Was ist der Rest des Plans?», fragte er schließlich.

«Dreifache Ablenkung», sagte Caleb. «Ich aktiviere den Alarm im Energietunnel, ziehe ihre Aufmerksamkeit dorthin. Gleichzeitig startet Anna eine Demonstration vor dem Haupteingang - sie hat bereits Kontakt zu einigen Journalisten aufgenommen, die über die Finanzkrise berichten. Und als drittes... » Er tippte auf seinem Computer.

«Ein kleiner Systemausfall im Hauptstromnetz. Gerade lang genug, dass die Notstromaggregate anspringen müssen.»

«Während des Umschaltens sind die Sicherheitssysteme für dreißig Sekunden deaktiviert», ergänzte Asher. «Das ist unser Fenster.»

Kian nickte langsam. «Und sobald wir drin sind?»

«Du hackst den Hauptserver, stoppst die Algorithmen. Ich sichere den Raum und…» Asher hielt inne, sein Gesicht wurde hart. «Und hole mir Vasil.»

Die persönliche Vendetta in seiner Stimme war unüberhörbar. Kian griff nach seiner Hand.

Ashers Stimme war kalt.

«Morgen Nacht endet es. Ein für alle Mal.»

Caleb räusperte sich.

«Wir haben noch ein paar Stunden bis zum Treffen. Ihr solltet euch ausruhen.»

Sie nickten. Die nächsten Stunden würden alles entscheiden.

Im Obergeschoss zog Asher Kian in eines der Schlafzimmer. Sobald die Tür geschlossen war, zog er ihn in seine Arme.

«Wenn etwas schief geht...», begann er.

Kian brachte ihn mit einem Kuss zum Schweigen. Anders als ihr erster Kuss war dieser sanft, fast zärtlich.

«Nichts geht schief», flüsterte er gegen Ashers Lippen. «Wir schaffen das. Zusammen.»

Sie sanken aufs Bett, hielten sich einfach fest. Die Welt da draußen mochte am Abgrund stehen, aber für diesen Moment gab es nur sie beide.

«Ich hätte nie gedacht», murmelte Asher in Kians Haar, «dass ich ausgerechnet jetzt... »

«Ich weiß», sagte Kian leise. «Ich auch nicht.»

Sie küssten sich wieder, diesmal mit wachsender Intensität. Ihre Körper

fanden einander wie Puzzleteile, die endlich zusammenpassten.
Die Nacht war kurz, aber sie machten das Beste daraus.

Kapitel 5: Der Aurora Tower

Die Nacht war klar und kalt, als sie das Dach des Nachbargebäudes erreichten. Der Aurora Tower ragte vor ihnen auf, seine Glasfassade glitzerte im Mondlicht. In der Ferne waren bereits die ersten Sirenen zu hören - die Finanzkrise hatte Proteste und Unruhen ausgelöst.

«Status?», fragte Asher leise in den Kommunikator.

«Alles bereit», kam Calebs Antwort. «Anna hat die Demonstration vor dem Haupteingang gestartet. Mindestens hundert Menschen, mehr kommen. Die Medien sind auch da.»

Kian trat an die Dachkante, sein Atem bildete kleine Wolken in der kalten Luft. Der Abgrund vor ihnen schien endlos.

«Sicher, dass das funktioniert?», fragte er, während Asher den taktischen Gleiter auspackte.

«Nein», antwortete Asher ehrlich. Er trat hinter Kian, half ihm in den Spezialanzug. Seine Hände verweilten einen Moment länger als nötig. «Aber ich bin sicher, dass wir es zusammen schaffen.»

Sie hatten die letzten Stunden intensiv genutzt - nicht nur für die körperliche Nähe, die sie beide gebraucht hatten, sondern auch für detailliertes Training. Kian hatte schnell gelernt, wie man den Gleiter steuert, wie man sich lautlos bewegt, wie man im Notfall reagiert.

«Dreißig Sekunden bis zum Stromausfall», meldete Caleb.

Asher zog Kian noch einmal an sich, küsste ihn hart. «Bereit?»

«Mit dir? Immer.»

Der Tower wurde dunkel. Für einen Moment war die ganze Straße in Schwärze getaucht.

«Jetzt!», kommandierte Caleb.
Sie sprangen.
Der Gleiter entfaltete sich lautlos. Kian spürte, wie Asher hinter ihm die Steuerung übernahm. Der Wind pfiff um sie herum, während sie durch die Nacht segelten.
Dreißig Meter. Zwanzig. Zehn.
Sie landeten präzise auf einem schmalen Wartungsbalkon des Towers. Gerade als die Notstromaggregate ansprangen.
«Drin», flüsterte Asher in den Kommunikator. «Caleb?»
«Südlicher Sicherheitstrupp reagiert auf den Tunnel-Alarm. Nördlicher ist bei der Demonstration. Ihr habt etwa drei Minuten bis zur nächsten Patrouille.»
Sie bewegten sich schnell und lautlos durch die Wartungsgänge. Ashers jahrelange Erfahrung und Kians überraschendes Talent für heimliche Bewegungen machten sie zu einem perfekten Team.

Der Serverraum lag hinter einer schweren Stahltür. Kian machte sich sofort an dem elektronischen Schloss zu schaffen, während Asher Wache hielt.

«Zwei Minuten», warnte Caleb.

Kians Finger flogen über das Tastenfeld. Codes, Algorithmen, Sicherheitsprotokolle - alles verschmolz zu einem vertrauten Tanz.

Die Tür öffnete sich mit einem leisen Zischen.

«Beeindruckend», murmelte Asher.

«Ich hatte einen guten Lehrer letzte Nacht», erwiderte Kian mit einem kleinen Lächeln.

Sie schlichen in den Serverraum. Die massive Computeranlage summte leise, Bildschirme zeigten endlose Datenströme.

«Eine Minute dreißig», meldete Caleb. «Und… Moment. Verdammt. Bewegung im Penthouse. Vasil ist früher da als erwartet.»

Kian war bereits an der Hauptkonsole.

«Ich brauche fünf Minuten für den kompletten Systemzugriff.»

«Die haben wir nicht», sagte Asher grimmig. Er überprüfte seine Waffe. «Ich kümmere mich um Vasil. Du stoppst die Algorithmen.»

«Asher...» Kian griff nach seinem Arm. «Sei vorsichtig.»

Sie küssten sich noch einmal, schnell aber intensiv.

«Ich komme zurück», versprach Asher. «Wir haben noch eine Verabredung zum Frühstück, vergessen?»

Dann war er verschwunden, lautlos wie ein Schatten.

Kians Finger flogen über die Tastatur, während er sich durch die Sicherheitssysteme hackte. Die Algorithmen des Konsortiums waren brillant - ein sich selbst verstärkendes System von Marktmanipulationen, das die globale Wirtschaft in den Abgrund stürzte.

«Die Märkte in Asien sind komplett eingebrochen», meldete Caleb. «Europa öffnet in zwanzig Minuten. Wenn wir bis dahin die Algorithmen nicht gestoppt haben...»

«Ich bin dran», murmelte Kian. Seine Augen scannten die Codes, suchten nach Mustern, nach Schwachstellen.

Im Penthouse darüber bewegte sich Asher lautlos durch die Schatten. Vasils Stimme war zu hören - er sprach mit jemandem.

«...alles läuft nach Plan. Die Panik ist perfekt. Wenn die europäischen Märkte öffnen...»

«Du unterschätzt unseren Gegner», sagte eine weibliche Stimme. Kian erstarrte - er kannte diese Stimme.

«Emily?», flüsterte er in den Kommunikator. «Also ist sie aus den Tunneln entkommen...»

Im Serverraum arbeitete Kian fieberhaft weiter. Er war nah dran, konnte die Schwachstelle im System fast greifen...

Plötzlich heulten Alarme auf.

«Eindringlinge im System!», rief die falsche Emily/Anna. «Der Serverraum!»

«Kian, raus da!», schrie Caleb. «Sie kommen!»

Aber Kian rührte sich nicht.

«Noch dreißig Sekunden», murmelte er. «Ich hab's gleich…»

Im Penthouse eskalierte die Situation. Asher hatte seine Deckung aufgegeben, konfrontierte Vasil direkt.

«Ah, Mr. Floss», sagte Vasil mit einem kalten Lächeln. «Ich habe mich schon gefragt, wann Sie auftauchen. Kandahar war leider… unvollendet.»

«Sie haben mein Team getötet», knurrte Asher.

«Kollateralschaden», winkte Vasil ab. «Sie verstehen das große Ganze nicht. Die alte Ordnung ist korrupt, schwach. Was wir erschaffen, wird…»

Ein Schuss unterbrach ihn. Aber nicht von Asher - die falsche Emily hatte gefeuert.

«Asher!», schrie Kian in den Kommunikator.

Keine Antwort.

Die Tür zum Serverraum flog auf. Bewaffnete Männer stürmten herein.

«Weg von der Konsole!», bellte einer.

Kians Finger bewegten sich weiter über die Tastatur. Nur noch zehn Sekunden…

Ein Schuss krachte durch den Raum. Kian spürte einen scharfen Schmerz in seiner Schulter, aber er arbeitete weiter.

«System neutralisiert», keuchte er und drückte die letzte Taste.

Die Bildschirme flackerten.

Die Algorithmen brachen zusammen.

Im selben Moment explodierte etwas im Penthouse über ihnen.

Die Explosion erschütterte das gesamte Stockwerk. Durch die aufgerissene Decke des Serverraums sah Kian Flammen und Rauch im Penthouse. Die Wachen waren für einen Moment abgelenkt - lange genug.

Mit schmerzverzerrtem Gesicht warf er sich zur Seite, seine Hand fand die Waffe, die Asher ihm gegeben hatte. Zwei präzise Schüsse - genau wie in den Trainingsstunden letzte Nacht. Die Wachen gingen zu Boden.
«Asher!», rief er in den Kommunikator. «Asher, antworte!»
Statisches Rauschen, dann: «Bin… beschäftigt.» Ashers Stimme klang angespannt. Schüsse waren zu hören.
«Die Algorithmen sind neutralisiert», meldete Caleb. «Die asiatischen Märkte stabilisieren sich bereits. Aber ihr müsst da raus. Weitere Teams sind unterwegs!»
Kian zwang sich auf die Beine, ignorierte den brennenden Schmerz in seiner Schulter.
Er musste zu Asher.
Die Treppe zum Penthouse war teilweise eingestürzt. Er kletterte vorsichtig durch die Trümmer, der Rauch brannte in seinen Augen.

Die Szene, die ihn erwartete, war chaotisch. Die Explosion hatte die Hälfte des Penthouses verwüstet. Durch die zerstörten Fenster heulte der Wind. Die falsche Emily lag regungslos unter einigen Trümmern.

Asher und Vasil kämpften am anderen Ende des Raums - ein brutaler Nahkampf. Beide Männer waren verletzt, aber keiner gab nach.

«Es ist vorbei, Vasil!», rief Kian. «Die Algorithmen sind gestoppt. Ihre Pläne sind gescheitert!»

Vasil lachte, während er einen von Ashers Schlägen blockte. «Glauben Sie wirklich, das war mein einziger Plan? Die Finanzkrise war nur der Anfang!» Er landete einen harten Treffer in Ashers Seite. «Die Welt wird brennen, und aus der Asche... »

«Wird gar nichts entstehen», unterbrach eine neue Stimme.

Die echte Anna stand im zerstörten Eingang, ihre Waffe auf Vasil gerichtet.

Blut lief über ihr Gesicht, aber ihre Hand war ruhig.

«Sie?», keuchte Vasil. «Aber…»

«Überrascht?» Anna lächelte grimmig. «Ihre falsche Anna war gut. Aber nicht gut genug.»

Vasil nutzte die Ablenkung. Er riss sich von Asher los, zog blitzschnell eine versteckte Waffe.

Mehrere Schüsse fielen gleichzeitig.

Kian sah wie in Zeitlupe, wie Asher sich bewegte, sich zwischen ihn und Vasil warf. Er hörte Annas Schrei, spürte warmes Blut…

Vasil taumelte rückwärts, drei Einschusslöcher in seiner Brust. Sein Fuß fand keinen Halt mehr auf dem zerstörten Boden. Mit einem letzten, ungläubigen Blick stürzte er durch das zerbrochene Fenster in die Tiefe.

«Asher!», Kian fing seinen Partner auf, als dessen Beine nachgaben. «Nein, nein, nein…»

«Nur… gestreift», keuchte Asher. «Aber verdammt, das wird eine Narbe geben.»

Die Erleichterung ließ Kian schwindelig werden. Oder war es der Blutverlust aus seiner eigenen Wunde?

«Bewegung im Treppenhaus!», warnte Caleb. «Ihr müsst sofort raus!»

«Hier entlang», sagte Anna und deutete auf einen Notausgang. «Der Helikopter wartet auf dem Dach. Ich halte sie auf.»

«Anna…», begann Asher.

«Geht!», befahl sie. «Ihr habt euren Teil getan. Lasst mich meinen tun.»

Sie kämpften sich die Treppe zum Dach hoch, beide verwundet, sich gegenseitig stützend. Unter ihnen waren Schüsse zu hören - Anna, die ihnen Zeit erkaufte.

«Status?», keuchte Asher in den Kommunikator.

«Die Märkte stabilisieren sich», antwortete Caleb. «Kians Virenprogramm hat nicht nur die Algorithmen gestoppt, sondern auch Vasils gesamtes Netzwerk infiziert. Seine Daten werden gerade an jede große Nachrichtenagentur der Welt gesendet.»

Der Zugang zum Dach war verschlossen. Asher wollte die Tür eintreten, aber Kian hielt ihn zurück.

«Warte.» Seine Finger, trotz der Schmerzen noch immer geschickt, flogen über das Tastenfeld. «Letzte Lektion von letzter Nacht...»

Die Tür öffnete sich mit einem Klicken. Asher grinste trotz seiner Schmerzen. «Du lernst schnell.»

«Hatte einen guten Lehrer», erwiderte Kian mit einem schwachen Lächeln.

Der Helikopter wartete bereits, Rotoren drehend. Caleb saß am Steuer.

«Beeilung!», rief er. «Wir haben Gesellschaft!»

Kaum saßen sie im Helikopter, eröffneten die ersten Verfolger das Feuer. Caleb riss die Maschine herum, sie schossen in die Nacht hinaus.

«Anna?», fragte Asher, während er Kians Schulterwunde notdürftig versorgte.

«Hat es in einen anderen Helikopter geschafft», meldete Caleb. «Sie ist auf dem Weg zu Interpol. Mit genug Beweisen, um das gesamte Konsortium zu zerschlagen.»

Kian lehnte sich erschöpft an Asher. Die Adrenalinreserven waren aufgebraucht, der Schmerz wurde übermächtig.

«Hey.» Ashers Stimme war sanft. Seine Hand strich über Kians Wange. «Bleib bei mir.»

«Immer», murmelte Kian. «Aber ich könnte eine Pause gebrauchen.»

«Bald», versprach Asher und küsste seine Stirn. «Wir sind gleich da.»

Die Stadt unter ihnen war ein Lichtermeer. In der Ferne ging die Sonne auf, färbte den Horizont rosa. Eine neue Welt erwachte - eine, in der Vasils düstere Vision keine Chance mehr hatte.

Caleb landete den Helikopter auf einem privaten Landeplatz außerhalb der Stadt. Ein medizinisches Team wartete bereits.

«Sarah hat alles organisiert», erklärte er. «Ihr kommt erstmal in eine sichere Klinik. Danach…» Er grinste. «Nun, ich habe gehört, die Karibik ist schön zu dieser Jahreszeit.»

Während ihre Wunden versorgt wurden, hielten Asher und Kian Händchen. Die letzten Tage erschienen wie ein unwirklicher Traum. Oder ein Albtraum, aus dem sie gemeinsam erwacht waren.

«Was jetzt?», fragte Kian leise.

Asher drückte seine Hand. «Jetzt leben wir. Zusammen.»

«Keine Verschwörungen mehr? Keine nächtlichen Verfolgungsjagden?»

«Nun…» Asher grinste. «Vielleicht ein paar ausgewählte Abenteuer. Mit dem richtigen Partner an meiner Seite.»

Sie küssten sich, sanft und voller Versprechen. Die aufgehende Sonne tauchte den Raum in goldenes Licht.

Die Welt da draußen würde sich erholen. Die Märkte würden sich stabilisieren, das Konsortium würde fallen, Gerechtigkeit würde siegen. Aber das war für einen anderen Tag.

Jetzt gab es nur sie beide, vereint durch Gefahr und Liebe, bereit für einen Neuanfang.

«Übrigens», murmelte Asher gegen Kians Lippen. «Du schuldest mir immer noch ein Frühstück.»

Kian lachte - ein freies, glückliches Lachen.

«Lass uns damit anfangen.»

Epilog: Sechs Monate später

Die Morgensonne schien durch die großen Fenster des Strandhauses, warf tanzende Reflexe auf die weißen Wände. Kian stand auf der Terrasse, eine Tasse Kaffee in der Hand, und beobachtete die Wellen, die sanft an den Strand rollten.

Die Narbe an seiner Schulter zog manchmal noch, besonders wenn Regen aufzog, aber sie heilte gut. Genau wie die anderen, unsichtbaren Narben.

Warme Arme schlangen sich von hinten um seine Taille.

«Wieder Albträume?», fragte Asher leise.

«Nein», antwortete Kian und lehnte sich in die Umarmung. «Nur… Gedanken.»

Die letzten Monate waren turbulent gewesen. Die Enthüllungen über das Konsortium hatten die Welt erschüttert. Regierungen fielen, Konzerne brachen zusammen, neue Gesetze wurden erlassen. Anna - die echte Anna - hatte ganze Arbeit geleistet, das Netzwerk zu zerschlagen.

«Die Nachrichten?», fragte Asher, der seine Gedanken zu lesen schien.

«Mhm. Sie haben heute den letzten der Konsortiums-Banker verhaftet.» Kian drehte sich in Ashers Armen um. «Es fühlt sich immer noch unwirklich an. Als ob…»

«Als ob jeden Moment jemand durch die Tür stürmen könnte?», vollendete Asher mit einem verstehenden Lächeln. Seine Hand strich über Kians Wange. «Das vergeht. Mit der Zeit.»

Sie küssten sich, langsam und vertraut. Der salzige Meerwind wehte um sie herum, trug das Kreischen der Möwen herüber.

Ihr Telefon piepte - eine Nachricht von Caleb. Er hatte sein eigenes Sicherheitsunternehmen gegründet, spezialisiert auf Cyberkriminalität.

«Er hat einen neuen Fall», sagte Kian, während er die Nachricht las. «Etwas mit verschwundenen Kryptowährungen und mysteriösen Servern in Osteuropa.»

Asher hob eine Augenbraue.

«Interessiert?»

«Wir wollten doch eigentlich Urlaub machen... »

«Das hier?» Asher grinste und deutete auf ihr Strandhaus. «Das war Erholung. Jetzt...» Er zog Kian näher. «Jetzt könnte ich etwas Action gebrauchen. Mit dem richtigen Partner.»

Kian lachte.

«Du bist unverbesserlich.»

«Und du liebst es.»

«Ja», sagte Kian sanft. «Das tue ich.»

Sie küssten sich wieder, diesmal leidenschaftlicher. Die Welt mochte da draußen neue Abenteuer bereithalten, neue Gefahren, neue Herausforderungen. Aber sie würden sie gemeinsam meistern.

Später am Tag kam Anna zu Besuch, brachte Neuigkeiten aus der Welt der internationalen Geheimdienste. Sie sah entspannter aus, die Last der jahrelangen Undercover-Arbeit von ihren Schultern gefallen.

«Also», sagte sie, während sie auf der Terrasse saßen und den Sonnenuntergang beobachteten. «Bereit für ein neues Abenteuer?»

Asher und Kian tauschten einen Blick. In ihren Augen spiegelte sich das gleiche Feuer, die gleiche Entschlossenheit wie in jener Nacht im Aurora Tower.

«Zusammen?», fragte Asher.

Kian griff nach seiner Hand, drückte sie fest.

«Zusammen.»

Die Sonne versank im Meer, der Himmel ein Feuerwerk aus Gold und Rot.
Ein perfektes Ende.
Und ein perfekter Anfang.